달이 기우는 비향

파란시선 0034 달이 기우는 비향

**1판 1쇄 펴낸날** 2019년 3월 10일
**1판 2쇄 펴낸날** 2021년 10월 20일
**지은이** 김성철
**디자인** 최선영
**인쇄인** (주)두경 정지오
**펴낸이** 채상우
**펴낸곳** (주)함께하는출판그룹파란
**등록번호** 제2015-000068호
**등록일자** 2015년 9월 15일
**주소** (10387) 경기도 고양시 일산서구 중앙로 1455 대우시티프라자 B1 202호
**전화** 031-919-4288
**팩스** 031-919-4287
**모바일팩스** 0504-441-3439
**이메일** bookparan2015@hanmail.net

ISBN 979-11-87756-36-1 04810
    979-11-956331-0-4 04810 (세트)

**값** 10,000원

*이 시집은 2013년 한국문화예술위원회에서 지원한 아르코문학창작기금 수상 작가의
 작품집입니다.

# 달이 기우는 비향

김성철 시집

너를 알게 된 이후 부서진 것들만 눈에 들어왔다
그것이 너무 싫어서 도망쳤지만 늘 그 자리였다
할 수 있는 것이라고는 나를 꺼내 난도질하는 것
뼈를 추리고 살점을 발라내 곱게 다진다
부서지고 버려지고 울고 또 울다 보니 빈방이다
누군가 내게 경멸하는 법을 가르쳤더라면
거뜬한 신혼살림을 차릴 수 있었을 것이다

세상은 수상하고 잔인하다

# 차례

## 제2부

**제3부**

**제4부**

**해설**

제1부

# 실업

폭설을 이고선 맨발로 방으로 걸어 들어왔다
한없이 내리는 폭설 덕에
시집을 죄다 꺼내 이국의 땅에 사는
나타샤에게 보내고
나는 설원의 풍경을 지녔다
밥을 짓다가도 방문 열고
폭설의 안부를 궁금해했다
방에 갇힌 폭설은 침착하게 몸을 뒤집고선
천장을 향해 오르고 있었고
나는 쌓아 올려진 만년설을 천장에 걸어 둔 채
군불 피우며 밥을 지었다
일렁이는 불꽃 속으로도 폭설은
제 몸을 던져
차곡차곡 눈을 쌓고
나는 온몸으로 눈을 맞으며 차분하게 얼어 가고 있었다
몸 돌려 다시 방문을 열어 보면
바짝 얼어붙은 내가
나를 향해 웃고 있었다

지긋지긋한 봄이 왔다는 걸

그때 알았다

# 그늘의 임대료

쇠를 갈 때마다 그늘이 찾아왔다지요 우악스런 사내 손에 밀려 트이는 길은 스스로 그늘 속으로 걸어 들어가는 듯 보였죠 길의 골목은 두 줄 혹은 세 줄로 새겨지겠지만 집주인 따라 골목의 두께도 다르겠지만 두께야 무슨 상관 있겠어요 상체 말아 어둠 틀어 안은 사내는 아랑곳없이 그늘을 쇳덩이에 새기고 있죠 쇳가루는 엄지 위에서 납작 엎드린 채 비늘 털고요

사내의 무딘 표정은 골목 끝이 보일 때쯤이나 볼 수 있을까요? 목련 꽃보다 둥근 백열전구가 봉긋이 불 피우면 사내는 굽은 상체 곧게 펴고선 골목의 깊이를 가늠하죠 그리고 입 모아 후— 열쇠 그늘이 우르르 뛰어내리겠죠 저이가 품은 어둠의 질량은 얼마큼의 무게일지 나는 털려진 어둠 죄다 모아 사내의 밑천을 세어 보고 싶네요

광화문 네거리 현대해상 모퉁이에는 열쇠 수리공이 들어 있고요 사내 품 안에는 밑천의 바닥없는 그늘이 있고요 그늘 속에는 열쇠의 길이 골목으로 뻗어 있고요 사내는 둥글게 말린 채 그늘의 임대료를 복사하고 있고요

# 서초11번에 관한 보고서

예술의 전당 지나 무지개아파트로 달려간다
서초3동 주민센터에 들르고 남부터미널에도 들르고
쉴 새 없이 고개 오르내려 국제전자센터
외환은행 현대아파트

달린다는 것은 너머와 너머의 한복판
덜컹과 덜컥의 순한 말
예술과 무지개를 이고 달리는 일은 나보다 명랑하다

어제 만난 이를 만나고 어제 지난 길을 지나고
웃던 이가 웃음을 감추며 심각하게 오르고
짐이 먼저 오르고 아이고 죽겠네 소리가 먼저 올라도
오를 때마다 낭랑한
감사합니다 환승입니다

급브레이크를 밟을 때마다 졸음이 우르르 쏠리면
처음 본 사이라도 우르르 쏠리고
가속과 서행, 서행과 가속 사이에서 마주치는 것들의
낮은
이질적이게 가깝다

16

서초11번 마을버스
예술과 무지개를 짊어지고 감사와 환승
변곡점을 돌고, 돌고, 돌면

어제 만난 이가 하차하고 지나온 길이 과거가 되고
심각했던 표정이 활기찬 걸음으로 내리고

# 불온한 초고

취기에 버무려진 여자는 취업 전선에 대해
170㎝ 50㎏이란 정의를 내렸다

속눈썹은 길고 진할수록 좋아
화장실에서 내던진 그녀의 말이
밤새껏 이력서 위를 배회하고 나는
맑스의 한 구절을 배우처럼 읊조렸다

조금만 더 오른쪽으로 돌리세요
스포츠머리를 한 사내가 바란 건
비스듬한 각도였다
만삭인 그의 아내가 조명 너머
증명사진을 오려 내고 있었다
그녀의 손 위에 누워 반듯한 흉상 기다리는
사람들

등 뒤로 풀 바르고선 반듯하게 앉아 있어
그러곤 가볍게 목례를 하지 안녕하세요?
또박또박 줄 맞춰 생년월일이며 출생지며
화면 조정 시간처럼 일정하면서도 반듯하게

그때쯤, 창밖에서 들려오는 기침 소리
화들짝 놀라며 나를 꼼꼼히 훑는 달빛에게 잠시 홍조
사납게 비춰지는 자동차의 상향등이 빠르게 지나가고
주춤거리는 사이
더듬대는 이력들이 줄을 맞춘다

방 안에 누워 나를 만진다
소리 내어 내가 묻고 내가 답한다
조금 더 연기를 잘했더라면 나는 쉽게 살 수도 있을 터
감춰지지 않는 삶이 자꾸 입안에서 끙끙댄다

곡우(穀雨)


　1


　봄 햇살들이 실리콘 줄기 타고 위태롭게 거니네
　주공의 파란 마크 위 겹겹이 쳐 있는 거미의 집
　바람에 날릴 때마다 가재도구들이 고층 사다리를 타고
내려왔네
　갓 부화된 새끼들 미끄럼틀 위에서 우르르 내려오고,
구비 서류 재촉하는 현수막
　일요일 예뱃길 막고선 딴청이네


　수건 뒤집어쓴 늙은 거미, 아파트 텃밭 위로 엉덩이 들
썩이네
　줄 맞춰 오른 떡잎들, 거미는 엉덩이 사이로 고랑 뽑고
있네
　뿌리박힌 것들에 대한 애착
　거미는 손 놀리며 밑둥치부터 단단히 조이네
　이삿짐들 바퀴 구르며 텃밭 지나고
　버려진 장롱 문 열어 일광욕을 하고 있네
　늙음과 무딤은 한통속이네

2

사내는 종이꽃을 접는다
철심 위로 붉고 연한 색지
감아올리는 모양새가 거미의 생태를 닮았다
긴 실 뽑아 친친 감는
사내의 손끝엔 붉은 꽃물이 진하다
꽃 속에 숨어 먹잇감 기다리는 거미
꽃들이 벌들을 불러 모으고
아래층에서 주인 잃은 세간이
콧바람을 흥얼거리고 있다

일요일 정오 재건축 대상 5층 아파트
카랑카랑 아파트 단지 흔드는 TV 속 노래자랑
노래 따라 남자의 목소리가 거미 단지를 흔드네
청명 지나 곡우로 가는 시간이네

# 습진

1

손끝에 곰팡이가 피었다
굳은살 위로 하얗게 핀 꽃
뒤늦게 알아챈 계절이 굵은 가지 뻗고
꽃술이 꽃잎 밀어 속살을 드러낸다
내가 스칠 때마다 신경 곤두세워 흔들리는

꽃의 역사를 되짚는다
하얀 꽃잎 헤집어 뿌리 찾는 일
속살 파내고 건들 때마다
꺾인 가지와 재단된 뿌리들이
아리다

내가 내 안을 긁는다

2

─나는 재생시키지 못하는 병을 지니고 있는 게 분명해
그는 시들어 있었다

꽃잎은 짓물러진 채 뿌리를 향해 있었고
정리 해고 통지서에는 일요일 오후라는 글씨가 선명
했다
마지막 할 일은
자신의 뿌리를 아무도 몰래 거두는 일

제 손으로 뿌리 뽑은 자리를 제 발로 다진다
발도 털지 못하고 그가 비닐 봉투에 담긴다
하얀 비닐에 박힌 활력(活力)
그는 부스럭거리며 제 뿌리를 긁는다

3

하얀 습진이 온몸을 타고 번지고
긁으면 긁을수록 심장을 향해 뻗는 저 하얀 꽃
꽃으로 물든 거목이 꽃 속으로 걸어 들어간다

# 먹먹

잔뜩 길게 늘어선 하루를 짊어진 다리는
발끝부터 파업이다
마감 짓던 두툼한 뭉치도 미루고 어르고 얼러
협상 테이블을 차리고 노동의 강도가 높은
구두와 밑창 얇은 저가의 운동화는 치웠다
다리는 하루를 짊어졌으므로 하루를 버틸
조건들을 조목조목 그리고 암울한 중저음으로
나열한다
신체에 대한 무관심과 연속된 신호에 대한 외면이 나의
병폐였으므로 나는
침묵으로 일관하며 진지하고 경박하지 않은
상체를 앞세워 다리를 맞았다
앙상한 그는 진실하였고 그를 끌어야 할 나는
진실된 척하는 달콤함을 궁리하였다
다리를 앉혀 놓고 나는 일어서서 그를 위해
돼지를 볶고 설탕을 친다
저 궁핍한 뼈대 지닌 다리를 간간이 뒤돌아보며
진실한 척하는 달콤함이나 이끌기 위한
간절함을 잊기로 했다
김치도 발가락 크기로 찢고 호박 무침도

상체의 무게감을 주지 않도록 썰었다
마주 앉은 다리를 두드리며 먼저 먹으라 했다
아마 다리는
내일도 서 있고 걷고 오르고 내리고
그러다 한적한 시간이 되면
내리고 오르고 걷고 서서 물끄러미
다리를 바라보는 상체와 눈을 마주치며
먹먹해할지도 모를 일이다

# 봉제동 삽화

천둥 번개가 치자 공장엔 정전이 찾아왔다
소나기의 망치질 소리가 시작되면
늙은 배선이 어김없이 누전 빙자한 어둠을 불렀다
여공들의 환한 치아가 깜빡깜빡 불 밝히고
재단사 김 씨는 하늘 위로 쌓아 올려진
회색 원단 눈길로 만지며 납품 기일 손꼽는다
창틀 등지고 불어오는 바람
미싱 선반 위로 펼쳐진 꽃길 타고 달려간다

손 맞잡은 여공들 바람의 허리춤을 잡고
꽃길 위로 걸어 들어간다
피지 못한 꽃들이며 줄기 오르지 못한 실밥들이
보푸라기 흔들며 반긴다
페달 밟는 미싱공 꽃들에게 먼저 수인사 건네자
웃자란 실꽃들 서둘러 뿌리 걷으며
손에 핀 봉제선 위로 올라탄다
때 묻은 손목, 손목들
산수유 열매처럼 붉게 흔들린다

재봉 중인 꽃술이 실밥을 흔들었으나

접근 금지를 알리는 도안선이 유난히 날을 세운다
작업반장의 기침 소리와 함께 기지개 다시 피는 형광등
주파수 맞추는 고물 전축, 후후 바람 불어 목청 가다
듬고
여공들은 와 하며
공장 안으로 퉁긴다


봉제동 수출 공장
시동 거는 미싱들 서역 향한 길을 재촉한다
실크로드 사막의 모래처럼 날리는 보푸라기


봉제동 여공들은 실크로드를 걷고 있다

# 북극 삽화

거울 속 당신에게 묻는다
알몸의 무게에 대해

얼음 조각은 북극곰의 발바닥에 쉽게 박힌다
고로 진화된 수곰의 발바닥은 가볍다

가벼움은 결을 안다는 것
빙하에는 발자국이 남지 못한다
얼음은 극한까지 깨지는 결을 지니고 있다

북극이란 태생적 한계는 앙상하고 비루하다

새끼 곰의 사체에서 울던 어미 곰이 허기를 달랜다
엉킨 수곰의 털에서는 얼음 향이 났으나
뚝뚝 끊어지기 일쑤다

내 무게를 알아야 더 가벼울 수 있다
무너져 내리는 빙하의 무게만큼 더 가벼워야 하는 법

꽁꽁 얼어붙은 얼음덩어리가 무너진다

결과 결이 날을 세워 번뜩이면 발바닥은
한 번 더 가벼워져야 한다

거울 속 비루한 곰은 가볍다

# 처방전


달히는 지하철 문틈으로 손
말랑말랑하게 잡히는 출근 시간이 손끝에서 깨물어질 쯤
다급히 울리는 역무원의 호루라기 소리
소화불량의 러시아워는 가쁜 숨을 뱉으며 계단을 뛰어
오르죠
빳빳한 양복 주름의 사내는 거친 숨으로 틈을 헤집고.
두 눈이 마주친 침묵,
가지런히 모아진 채, 승강장에 놓인
알약 두 정

꿀꺽, 삼켜진다면 나는 엄지 세워 힘껏 이마를 누를 거
예요
다급한 알림이나 벨 소리는 off
성급한 늙은 고철은 잔기침이 많을지 몰라요 몸통을 덜
컹덜컹
고철의 미동과 함께 느긋하게 소화되는 나는
푸른 알약
양복 주름의 사내는 객차 반동을 살려 반 박자 빠른 왈
츠를 출지도 모르죠
그 틈 속에서 느리게 혹은 빠르게

닫히는 지하철 문틈으로 손을 집어넣었죠
짧고도 긴, 그 순간
출입문의 경고음, 맛
문이 열리고 다급하게 삼켜진 두 정의 알약이
환하게 웃어요
나는 참 많이 늦었는데
도시의 처방전은 유쾌하게 느리네요
당신이나 나나 오늘도 혹은 내일도
닫히는 지하철 문틈으로 손

# 만물상

높은 계단에는 발자국이 살아요
시멘트 속살 가른 주인 없는 발자국
그 주인의 모습은 아무도 본 적이 없다네요
연탄 지게 지는 경호 아빠, 아니다
수저통까지 다 아는 김 반장이다
하지만 굽 깊게 박힌 발자국
눈 침침한 늙은 가로등이에요
깜빡 눈 비빌 때마다 힘주어 찍는

충계는 주름 잡는 기계입니다
계단 오르다 보면 바지는 늘 찡그렸다 폈다
다림질 잘하는 산수 아빠 바지도 울상이에요
셈 잘하는 나는 계단 숫자 세다
곧잘 잊어버리곤 한답니다
귀퉁이 깨진 계단 모양
무서운 점빵 할아버지 닮았거든요
꼬장꼬장해도 뒤돌아보면
빠진 앞니 환하게 내보이며
주름 찰랑이는

우리 동네 만물상이지요

입학 통지서 담긴 송학초등학교가 맨 밑에 있고

전기 요금 독촉장처럼 빳빳하게 서 있는 방범 초소

연탄 상회 건너 김 반장네가 보이고

산수 아빠 다리미가 계단 오르내리는 마을

밤 깊어지면 꼭대기에도

가로등 닮아 눈 비비는 그믐달

가만, 귀 기울이면

싱싱한 푸성귀 같은 밑창 들고 오르는 발자국

식당 일 끝낸 우리 엄마

만물상 지붕 위에 발자국 찍어요

# 취업 박람회

일력은 펑펑 터지는 배탈이지
일 이 삼 사 쏟다 보면 가득 채운 서른 혹은 서른하나

반질반질한 일력을 뜯고 서둘러 바지춤을 내렸던 유년이
있었지
힘줄 때마다 비벼 대던 날들
엉덩이에 검정 혹은 파란 그리고 빨갛게 번졌던
잉크 자국

글씨체는 수려한 명조가 좋을까 아니면
유순하고 선한 굴림?
아니지, 굵고 단번에 알아챌 수 있는,
어린 누이 엉덩이에도 아빠의 궁둥이에도 선명하게 박
힌 채
십이지간까지 또렷했던

그제 간 곳은 너무 치장을 했고
어제 간 곳에서는 너무 순한 포장을 했나 봐

찢어지는 일력을 넘어 견고한 이력이 될

굵고 선명한 일력체
깨알 같은 글씨체가 찢겨지지 않게
나를 다독이는

딸꾹


조용, 쉿.

들리지 않겠지? 내 딸꾹질 소리.

배꼽을 올라와 가슴에서 퍼지는 소리, 딸꾹.

취하지도 않고 꼬박꼬박 말대꾸하듯 가슴을 울려 대는.

네가 울지도 않고 이별을 말할 때도, 딸꾹.

직장을 잃고선 다 같이 건배를 할 때도, 딸꾹.

딸꾹, 딸꾹.

내 세계에서 저 세계를 두드리는
나도 몰랐던 몸의 수신호, 딸꾹.

드디어 간다, 딸꾹.

나도 모르는 사이, 딸꾹.

소리 따라, 딸꾹.

휘파람 소리에도,
울 엄마 무릎의 된소리에도
나는, 딸꾹.

아 맞다. 난, 딸꾹.

제2부

# 가시

아침 준비하다 손끝으로 들어온 북어

반투명 하얀 가시 지닌 한 마리 마른 명태

쭈욱 찢어 배 가르고, 중심 지탱해 준 가시 바르다 만난.

손톱 세워 나는 아침부터 바다를 긁는다

긁어내거나 집어내려 할 때마다 북어 몸속에 박힌 태양이

손끝을 물들인다

이 악물고 지문 헤치며 더 깊은 곳으로 헤엄치기 위해

머리 박은 채 꼬리 숨기는 가시

땡볕이 쏘아 대는 날카로움이

손끝만 닿아도 진저리 친다

# 꽃 피는 철공소

어릴 적 채널권을 쥐고 있던 사촌 누이는 거대해 보였지
테레비 앞에 날 고정시키고 돌리라는 말 한마디
대여섯 살의 나는 채널이었고 볼륨이었다
하지만 나는
소리 낼 수 없는 볼륨 그러니, 쉿
상영되지 않는 채널이니 새까만 손톱 같은 암전
채널 조정 시간이 지나면
일 나간 엄마도 일찍 귀가하겠지
그러니 나는
잘 눌러지는 리모컨

방 한가운데 사촌 누이는 요리를 하지
도마 소리는 그녀의 칼질에 움푹 펄럭이지
그리고는 한 숟갈 사촌 누이도 한 숟갈
여보 출근하셔야죠 물으면
내 손을 이끌고 집 나서는 종이 인형
갱지 속 사내의 입술은 빨간 볼펜
엄마는 어디에서 보험을 팔고 계실까
나는 갓난아이 울음
엄마 행색에 바쁜 사촌 누이

악몽에 눌려 화들짝 깨어 보면

엄마의 가늘한 숨소리

달빛은 왜 그리 푸르렀을까

옥상 안테나에 걸린 보름달이 뜬눈을 비비고

나는 엄마의 자궁 속으로 들어간다

무릎을 모아 둥글게 말아 올리면

엄마의 고단한 무릎에서

따라 울리는 쇳소리

걸음 소리 가득한 한밤의 철공소

내 귀 밝히는 쩌렁쩌렁

쇳소리

# 고등어

토막 치는 칼질에서 비린내가 났어
사내의 손목이 움직일 때마다 붉은 내장이
파도처럼 밀려왔다 사라지곤 했지
나는 입덧처럼 바다가 먹고 싶었을 뿐이야
혀끝으로 만져지는 출렁이는 바다
나는 싱싱한 해류가 되어
등 푸른 생선의 여정을 기록하고 싶어

입안에선 한 편의 다큐멘터리가 상영될 거야
남태평양 거슬러 오르는 고등어 꼬리를 쫓아
내 사내의 칼집 가득한 도마까지,
한 마리의 치어가 굴풋한 사랑 위해 바삐 헤엄치는.
지느러미를 씹을 때마다 목젖 간질이겠지
지글지글
바다가 뒤집히고 있나 봐
사내의 물기 젖은 손에서 짠 내가 난다

식탁 위에 오른 바다 한 마리
나는 꼬리부터 먹는 습관을 지니고 싶지
두 발 모아 힘껏 배를 차는 아이처럼

요동치는 힘
배 속 가득 넣어 둘 거야
문득,
내 아이에게서 바다 내음을 맡고 싶다

입안에서 꼬리 퉁긴 고등어가 바스락
적도의 햇살이 환하게 식도를 비춘다
고운 육질들은 빛 따라가다 계집아이를 만나겠지
아이 손잡고선 바닷속 푸른 세계로 덤벙

사내가 무릎 모아 바닷소리를 듣는다
자맥질하는 발질이 배를 타고 내 심장을 두드린다
양수의 바다를 가르는 등 푸른
치어 한 마리

는다

는다
공치는 날이면 필요가 는다
당기지도 않는데
필요는
저녁과 함께 서둘러 온다

모로 누운 노모의 등을 맞대고 눕는다
—엄마 기억나?
돌아눕는 등 뒤에서 삐걱삐걱 쇳소리
—뭐가 또 기억났다니?
펴지지 않는 관절만큼 기억도 사라진
—정석(定石). 정석 기억나? 있자나 정석이 필요하다고
했는데
　엄마는 눈이 많이 내려서 공치는 날이었다고 했지?
　유리창에 입김 뿌리며 밖을 내다보는데
　지폐 한 장 너풀너풀 하늘에서 내려왔다면서?
　엄마 기억나?
새근새근 선잠에 들어간 숨소리

　그래 늘지, 공치는 날이면 왜 이리 느는 것들이 많은지

46

온종일 눈은 나리고
공친 날, 노모와 등을 맞대고 새근새근
피는 것들.
미안, 엄마.

## 수런거리는 아침

숟가락 들기 전
거짓을 털어놓을까?

치기에 눌린 순수가
완전히 빛을 잃기 전
아침 뉴스 앵커의 고개 숙인 인사말이
고개 들기 전

빛을 얻어 온 얼굴에서는
웃음이 금니에 반짝이고 있었다

그제야
숟가락 소리와 오물거리는 소리와 뉴스 보며 혀 차는
소리와
오래 씻는 누이를 타박하는 소리가
동시에 터졌다

# 일기장

투박했다
손도 면도칼도 깎아 준 연필심도
날렵한 모습은 찾아볼 수 없었다

사촌 누이들에게 물려받은 옷은 죄다 컸다
소매를 접으면 밑단이 풀렸고
밑단을 접으면 무릎이 발목에서
부풀었다

소매 접은 손으로 일기를 썼고
밑단 접은 발로 계단과 학교를 끄시고 다녔다

엄마는 오늘도 늦으신다

일기장 글씨는 늘 굵었다

# 담쟁이

여인이 여인의 집을 두드리네
인기척 지운 여인은 여인을 외면하고
외면당한 여인은 울지도 못 하고 서성이네
안에서 잠근 여인의 세계와
밖에서 잠긴 여인의 세계가
서로를 가둔 채 서로의 흔적을 찾네
벽을 기댄 채 주저앉은 여인의 등 뒤로
다른 여인이 등을 마주한 채 주저앉네
문은 체온을 먹은 담쟁이
두 여인의 척추로 덩굴을 뻗어 함께 묶네
저 여인이 이 여인이 되고
이 여인이 저 여인이 되고
울먹임이 등 뒤로 서로를 부둥켜안네

# 봄꽃

거실 창틀 가득 앉았던 화분들이
아고똥 걷는다
한 발 떼고 또 한 발 건네는

겨우내 간직했던 추위 털며
거실 건너는,
부르튼 가지 끝에서 끄응
얼었던 허리가 요동친다

현관 지나고 마당을 지나
양지바른 벽 타고 나란히 앉은
화분들

봄볕에 어깨 부딪히고 흔들리며
환하게 웃는

엄마

# 진눈깨비 편지

밤을 새며 반재래식 화장실 가는데 말이지 이마 훤칠한
진눈깨비 몇 마리 가로등 빛 받으며 반짝이는 거지

깨진 변소 창 기웃거리며 나는 난생처음 쓰임새란 말의
근원이 궁금해졌어
화장실은 키보다 낮았지만 고개 꺾고 들어갈 만했거
든 세상에 목 꺾고 몸 꺾고 들어가는 곳 한두 곳이겠어?

화장실 나서면서 신축 중인 태양원룸을 바라보았어 거
기서도 제 몸 추슬러 빡빡한 어둠을 솎아 내며 날아오르
는, 바람은 콘크리트 벽을 딛고 서서 길을 터 주고
나는 바지 앞섶도 닫지 못하고서는 엎어지고 말았어
고인 물은 얼지도 못 하고 찰랑

나는 처박혔거나, 처박거나, 처박히길 원했는지도 몰라

진눈깨비 자락이 젖은 아스팔트에 덤빈다는 것, 알싸하
고 때론 후련한
나는 입김으로 제발, 제발 그리고 후—후—
괸 물이 바람에 밀려 주름을 만들고

어제 뜬금없이 형이 보고 싶더라
반짝이는 눈발처럼, 화하게 핀 목련처럼
지린내 풀풀 날리며 고개 꺾은 변기처럼

# 다정


나는 늦둥이였지 서른 중반을 훌쩍 넘은 여인은 오랫동
안 혼절해 있었으므로 태어난 시간을 모르네


악착같은 그녀가 때론 다소곳이 단아할 때가 있네
돌부리 밟아 가며 휘청 돌아 올라가는, 보험 가방 대신
흔들리는 선명하도록 파란 보따리
머리에 이고 있는 저 하늘
뒤따라가면 펄럭이는 치마가 구름인 것 같은


배의 윗머리를 만지며 나는 비구니의 합장을 받네
뒷모습이 못난 그녀를 바라보고 있노라면 부처 앞에 엎
드린 모습만은 봐 줄 만하다고 생각했네 엎드린 채 흔들
거리는 어깨 혼자인 그녀가, 몸집 큰 그녀가 하늘 속 작은
점이 되네 같이 합장하며 엎드린 비구니도 작은 점이 되
네 나도 따라 작은 점이 되네


―기억나 엄마? 예전에 나도 절 많이 했는데 기억나?
무릎 고장 난 그녀가 끄응, 돌아눕네
늦둥이도 따라 눕네
허공 속, 휘파람 불며 펼쳐진 산길

다리 아픈 그녀를 눕혀 놓고 대신 올라가는 길

고개 들어 쳐다보면 구름 몇 점이 보이고 뒤따라 맑게
울리는

그녀의 웃음소리

가만, 뒤돌아보면 따라 오르는 늙은.

누운 그녀가 끄응, 환하게 웃네


―아픈데 따라오시지 말지

배시시 웃는 치아가 다정하네

나란히 벤 베게에 선명한 발자국, 두 쌍

# 화인(花印)

나를 기억하나요?

어떤 이는 기억의 변형이 심해 자신을 알아보지 못한다고 해요 거울 속 내가 나
아닌 느낌, 행여 당신도 당신을

당신은 천식이 심했죠 밤이면 목 움츠리고 기침 뱉을 때마다 핏줄 오르는 당신
나는 두드러기 핀 등짝 긁으며 손톱 세워 당신의 이름을 새기죠
파란 가래 속엔 붉은 혈꽃이, 손톱 속 붉은 초승달이 오르면
돋은 내 등 슬어 내는 당신의 마른 손

당신 이름을 담고, 손을 담고
벙글 듯 벙글지 않는 웃음 피워 놓고서
들창 열어제쳐 놓고서 밤잠에 들죠
기침 소리가 조금씩 귀청에서 멀어지면
첨벙 뜬 뭇별들만 베갯잇 속에 품어 드는

잠 속에서도 비린 낮달처럼 두드러기는 도드라지고
등 쓸어 내며 다독이는

기억하시죠? 저를
열린 창 닫지 않고 나간, 돌아오지 않는

아빠

# 그을린 치통

열꽃 같은 눈이 내리는 밤이었다
날카로운 치통이 밤새도록 뒤척이며 나를 흔들었다
어둠 속에서 눈뜨고서 진통제를 찾았으나
진통제 대신 부고를 찾았다

치통을 들고 상가 찾아가는 길은 길고 붉다
어금니를 밀었다가 당기고 당겼다가 다시 미는 붉은 통
고층 아파트 화재를 피해 뛰어내린 꽃잎도 붉었다고
한다
붉은 혀가 밀고 당긴 잿빛의 꽃
바스라진 꽃잎이 겨울바람처럼 날렸다고도 했다
순간 나는 얼음 위로 길게 미끄러졌다
눈 위로 찍힌 발자국이 흔적 없다

상가에 앉아 붉은 꽃을 접는다
한 귀퉁이 접을 때마다 나도 모르게 혀끝으로 어금니를
친다
칠 때마다 몸서리쳐지는,
스스로 나가지 못하는 통증을 진통제로 달랜다
수그러지는 치통이

남은 잔통을 두드리며 억척스럽게 손을 맞잡고

선명하게 붉은 종이꽃이 봉긋 폈다
한겨울 피어오른 꽃

붉은 등이 그을음을 털고 조문객을 먼저 맞는 밤
창밖에 하얀 눈이
치통처럼 겹겹이 쌓이고 있었다

## 꽃잔디 신은 이팝나무

　당신을 향해 걸어온 시간은 수백만 광년이지 한 생 지나고 또 생을 지나 건너온 길에서 당신을 만났지 보자마자 당신은 내 손을 잡고 아랫목에 앉히고선 걸어온 사연을 묻지 발바닥을 숨기며 홍조 띤 너스레를 떨어도
　당신은 이팝나무처럼 새하얗게 울며 서성이는데

　당신은 주저앉은 채 내 신발을 신고서
　끈 매듭 단단히 조이네
　내 걸어온 길을, 붉은 꽃물 발등에 이고 간다 하네
　같이 걷자는 나를, 말리는 나를
　앉히고서는 조용히 걸어가네
　이팝나무 꽃잎 바람에 날려 가네

　나는 붉게 물든 발을, 함께 걸어온 낮달을 흘겨 바라보지
　당신이 떠난 길에 서서 수백만 광년 전에 만난
　당신을 또
　기다리기 시작하네

　장례식장 앞뜰 가득

꽃잔디와 이팝나무를 잔뜩 뿌려 놓은 봄이
널브러져 있네

# 장마를 뚫고 오는 밤

비 개고 또 비 왔다.
비가 온 다음에도 비 왔다.
해가 뜬 다음에도 비가 왔고
그다음에도 비가 왔다.
나는 비가 오는 와중에도
비를 기다렸고
비를 잊어버렸다
그사이에도 비가 왔고 나는
비를 긋고선
비를 떠나보냈다.
비가 오는 줄 모르는 내게
비 흠뻑 맞은 여인이
앙상하게 비 온다 하였다.
나는 누군지도 모르면서
비가 언제 오냐 물었다.
비가 날 버리고 주적주적
내리는 밤이었다.
비가 오지 않는
쨍쨍한 밤이기도 했다.

# 불면

나는 귀신을 닮아 가는 중이오.

서늘한 기운 몰아

이승과 저승의 경계에서

개지 않는 안개를 만들고 있소.

길 잃은 자들의 방향성을 짐작하며 나는 밤의 혼란을
지배하오.

혼란 부재 주취의 흔적들 말이오.

누군가 찾아온다면 나는

문 걸어 잠근 채

영혼이 빠져나간 사체가 될지도 모르오.

그때, 내가 깨지 않을 때

방의 불을 끄고

어둠의 사진을 찍길 바라오.

나는 천장에 붙은 채 입을 모아

안개의 휘파람을 불고 있을 것이오.

날 찾아온 당신의 방향성은

내 고이 간직할 테니

당신은

내 방 이불 위에서 무릎 모아 둥글게 말린 채

내가 겪었던 불면을 생생하게 바라보시오.

제3부

# 괭이밥

볕 그늘에 앉아 하루 종일 들풀들의

이름이나 지어 줬으면.

당신이 붙인 이름과 내 지은 이름의 차이를 가지고

또 다른 이름 하나 지었으면.

그리하여 고운 이름 하나 얻어

당신 닮은 딸을 만들고

들풀이라고 부르며 종일토록

들판에 피어 있었으면

## 스키드마크에 담긴 비명

내 발붙인 땅은 겨울의 땅
서쪽에서 해가 올라 동으로 지는 땅
바닷물이 말라 썰물이 되면 세월의 늑골과 심장이
썩지 않고 밀려오는 땅
돈은 종기가 썩고 문드러진 채
진물 삼키는 땅
숨죽여 노래 부르면 희망이 절망으로 변절되는 땅
문자 아는 손을 자르는
맹인의 깜깜한 땅

길을 걸으면서 핑계가 많아졌다 집에 돌아가기 싫었고
때가 되면 피는 봄꽃들의 속없음이 싫었다 위로하는 법을
잊었고 무당에게서 위로받는 일이 흔해졌다 인스턴트 국
물은 엄마의 손맛을 닮아 가고 아무도 보고 싶지 않았다
펭귄은 무릎이 있을까? 당신이 던진 질문에 나는 말을
이을 수 없었다 그 말을 마지막으로 화창한 연애는 끝났
다 모든 게 상상 속 펭귄에 갇혀 있었다

봄밤 길을 걷는다 바람에 뜯긴 꽃잎이 비명을 지르는 밤
스키드마크가 선명하게 허공을 가르고 있었다

# 염병스런 열병 2
―일상이 일상적이지 않다

  아무렇지 않게 살고 있어요 아침은 어김없이 새벽을 지나오죠 우유 배달원이 놓고 간 우유는 싱싱한 물방울을 달고 있고요 나는 아무렇지 않음을 달고 있네요 물방울을 퉁기면 쪼개진 것들이 허공에 퍼지네요 어김없이 청량감 혹은 무력함이 일진에 따라 다르게 들어오죠 의도에 어긋난 것들

  1. 청량

  변덕이 심해지기로 해요 편의점에 들러 딸기 맛 사탕을 빨죠 담배처럼 손가락 사이에 끼고서 넣었다 빼요 연기 품는 흉내를 내며 나는 구름을 뱉고 있다고 믿죠 딸기 맛 하얀 구름

  횡단보도는 정형적이죠 반듯한 것들 당신이 없는 날부터 나는 반듯한 것들이 없다고 웅얼거리면 읽혀지지 않는 평론집 같아지는 나죠 구름은 어느새 형태를 바꾸었군요

  당신 목소리가 기억나지 않아

깨금발 디디며 뛰어가고 햄버거 가게에 들러 세트메뉴를 고르죠 감자는 싫어 표독스럽게 외치며 콜라를 힘껏 들이켜요 곧 먹구름이 몰려온다고 건너편 사내는 트림을 하죠 잊은 것들은 죄다 잊고서 그리움만 남겼나 봐요

2. 무력

일과는 모두 버렸어요 당신이란 말만 떠올리면 나는 주저앉죠 하늘을 나는 비행기는 방향을 돌리지 않고 직선으로만 가네요 나는 곡선을 닮기로 해요 곡선을 따라 걷다 보면 원점으로 돌아올 날이 있겠죠 믿음만으로 살기 어려운 시대인가요?

그날 너의 눈빛은 무엇을 보고 있었니?

뒤늦게 분석을 하고 후회하죠 분석 분류 통계는 사랑이란 단어에 어울리지 않아요 우울하게 노트를 찢으며 그림을 그려 보는 것은 어떨까요? 깡마른 사내 혹은 깡마른 소녀를 그리는 반백의 사내가 되고 싶어요 객관적이면서도 철저히 주관적이고 싶은

이광조의 음색은 이별에 어울린다고 말하고선 신경질
적으로 라디오 채널을 돌려요

하루 종일 당신을 담고, 당신에게 담긴 날은 무력해요
무력을 쓰며 내쫓으려 해도 무력한


사랑은 시소 같죠 하나가 올라가면 하나가 내려가죠
흑백논리처럼 정갈하게 아침마다 다가와 목을 조르죠


오늘도 아무 일 없네요

# 염병스런 열병 5
―잠 속에 부는 바람


취할 때가 많아요 마시면 취하고 취하면 그립고 그리
우면 떠들죠

잘 마른 빨래를 개는 것처럼 취하면 잘 말랐다고 믿죠
나는 정답을 몰라요

내 말을 오해하거나 곡해하지 마시길 중심은 사랑인
거죠


보리차를 끓일 때마다 두 컵의 물을 따라 놓아요 두 컵
을 놓고 당신은 연애의 짝수를 생각할지 모르겠네요 커피
두 잔, 영화표 두 장, 포개진 두 손이 한 손

나는 반과 반의 경계에 대해 고민하죠 그러므로 두 컵.
허겁지겁 마시기엔 끓인 보리차는 좋지 않아요


술로 인해 경계를 허물 때가 많죠 마실 때마다 알싸하
게 무너지는, 그 맛으로 살고 또 무너지고, 분노하죠 당당
하게 전화를 하면 왜 죄다 부재중인지


나는 부재를 부르는 악몽


변하는 건 없죠 늙은 노모의 걱정은 변함이 없어요 나

는 염병스런 열병을 앓기에, 잔약한 삶을 산다고 쉽게 말
하죠 잠을 청하면 잠 속에 부는 바람이 어찌나 불편한지
요 바람은 없었으면 좋겠네요

# 달이 기우는 비향

달이 기우는 곳에서부터 비가 내렸으면 좋겠어 그 비를 방 안으로 불러와 다음 날도 그다음 날도 온몸으로 두들겨 맞고서는

정수리부터 젖꼭지까지, 젖꼭지부터 발끝까지

빗소리를 죄다 담아 둬야지

몸에서 나는 소리를 담고서 비가 떠나는 날에도 그다음 날에도 종일토록 방바닥에 붙어 빗소리를 개야지 옷장에도 넣어 두고 이불장에도, 신발장에도 달빛 먹은 비향을 쟁여 두지 남은 것들은 생쌀에 씻어 밥솥 가득 밥을 짓고 또 남은 것들은 밑물로 써야지

불이 꺼지면 비향을 꺼내 당신 딛는 발걸음마다 푸른 빛으로 물들여야지 이름을 부르기 전 닫힌 창 열어젖히고 물결 모양 톱니 돌려 줄기 돋우면 소쩍새 울음소리 같은 당신 목소리

달이 기우는 곳에서 비가 오면 당신보다 먼저 비를 부르고서

물푸레나무처럼 차분하게 늙어 가야지

달이 기우는 비향 쟁이고서 파랗게 물든 당신 기다려

야지

# 떡볶이 레시피

외로울 땐 자극적인 게 좋다 떠난 사람을 질기게 원망
하고, 속을 뒤집어 놓듯 멸치 속을 날카롭게 긁고 물에 풀
어놓을 것 시원하지만 아프게

물과 함께 끓이고, 단물 빠진 껌을 뱉듯 멸치를 팽개칠
것 (소심한 사람일수록 대범하고 창대하게)

일 인분의 양은 고추장 두 스푼과 물엿 한 스푼 정도이
다 꼭 지킬 필요는 없다 맛은 길들여진 것 버려지는 것도
길들여짐의 한 방편

떡을 넣고 어묵을 넣는다 역시 지킬 필요 없다 가늠은
늘 모자라거나 넘친다 너의 시선을 의심하라

미원 혹은 소고기 다시다 너는 평범하고 대수롭다 허상
으로 단단히 무장하라

각종 야채를 넣는다 단, 따라 들어가진 않는다 농도 짙
은 나트륨은 철저히 나를 절인다 추억이란 함정

국수를 삶아 연애의 두께를 가늠하라 외로움의 적은 포
만이다 포만을 느꼈다면 목 깊숙이 손가락을 넣고 구역
질을 시작하라 자극에 자극을 더해 더 깊이 외로움에 빠
질 것

# 염병스런 열병 6

―물속에 웅크린 둥근 방


　동거차도에는 풍랑 주의보가 걸렸다고 해요. 맹골수로
에는 우웅 우는 바람이 종일토록 걸렸고요. 물살에도 뼈가
있어 뒤척이는 파도는 가시에 걸린 채 비명을 지른다죠.
　둥근 방에 갇힌 나는 심해의 비명을 받아 적고 있어요.
달빛은 서슬을 문 채 도심을 배회하고 소문은 무성하게 자
라죠. 소문에 귀 기울이면 비명은 파열음을 내며 A4 용지
를 갈기갈기 찢죠. 건져지지 못하는 영혼이 달빛에 올라
타 창문을 두드리고, 나는 눈 가리고 귀 막고서 독하다고,
독해졌다고 주문 같은 위안을 되뇌이죠. 찢겨진 백지가 창
백하게 바래져 있네요.


　당신의 안부를 달빛에게 묻네요. 당신은 번지수 잃어
버린 둥근 방.
　달빛이 주소가 되어 바다 위를 떠도는 방.
　들썩거리는 풍랑도 염치없이 얌전히 웅크리고 누울 방.
　소리도 없이 누운 당신 등을
　다독이며 나도 같이 눕고 싶은 방.
　물 위에 물속에 달빛이 만든, 당신이 담겨 있어
　치아처럼 환한
　달 방.

# 염병스런 열병 8
―수면 안대를 찬 불면

잠들 때마다 암흑 속에서도 안대로 눈을 가리죠 가리지 않는다면 귀신처럼 서성이는 영혼을 본다고 믿어요

지난달보다 전기세는 또 줄었군요 불을 켜지 않아도 당신의 세계에서 나의 세계로 넘어오는 것들이 선명한 각인을 남기죠

오래도록 자리 잡은 것들을 치우기가 무서워요 치울 때마다 이면에 도사린 것들은 불쑥 찾아드는 외판원 같죠 이것을 치우면 오래 묵은 곰팡이가, 저것을 치우면 당신 닮은 머리카락이

불면의 밤
당신은 잠도 자지도 않고 손가락으로 내 눈두덩이를 만지죠 나는 신경질적으로 뒤척이며 수면 안대를 바짝 조여요 선잠에 들면 조용한 노랫소리 잠 밀치고 일어나면

다소곳이 앉아 있는 당신, 보여도 보이지 않는
무명의 당신

# 어쩌자고

내가 말을 몰랐다면
아니 이기적이게 당신도 말을 몰랐다면
말 모르는 네게 말 모르는 내가

햇살의 손짓이나 들풀의 일어섬을 심장 소리처럼 보여
줄 수 있었겠지 내가 말을 모르고 당신이 말을 모르므로
두근대는 혹은 감추려고만 하는 내 심장의 언어를 만지게
해 줄 수 있었겠지 지천에 널린 풀이나 돌들의 이야기를
손짓으로 매만지게 하고 소리 없이 기뻐하며 맨발로 저기
여기 뛰다니겠지 말로 형상화하는 모든 사람들을 뒤로하
고서 눈으로 건네면 아무 말도 없는 네가 나만 보며 똑같
은 눈빛을 내게 건네겠지 내가 말을 몰라서 네가 건네는
몸짓을 모르면 어쩔 줄 몰라 온몸으로 우는 너를 보겠지
나는 말을 모르니 너도 말을 모를 테고 답답하거나 억울
할 때 그때마다 나는
너를 온몸으로 쟁이겠지
때론 앵돌거나 이기적인 너를 봐도
온몸으로 너를 쟁이고선 뒤돌아 있겠지
뒤돌아 말 모르는 네 심장만
벌떡이는 심장만 만지고 있겠지

네가 여전히 울고 있다면 뜨겁게 벌떡이며
목 놓아 나도 따라 울겠지

어쩌자고, 어쩌자고,
내가 말을 알아서

# 염병스런 열병 12
―어제 꾼 꿈으로 오늘 꿈을 굽다


　좋은 꿈 꾸었다고 믿어요
　희망이란 단어를 여기저기 새겨 놓고서 아무도 몰래 당
신이라고 칭하죠
　세상에 붙여진 고유명사는 죄다 당신이라고
　불행, 절망, 좌절이란 단어들을 모두 내쫓아 버렸네요

　꿈을 지배하고 싶어요 부족 회의를 거쳐 어제 꾼 꿈으
로 빠져든다는 어느 아프리카 부족처럼 어제 꿈을 죄다 나
열하고 싶네요 그리고선 둘러싼 부족민들에게 당신, 당신
외치면 검게 물든 손이 내 손을 물들이는
　그리고 어제 꾼 꿈속으로 들어가 단숨에 오늘 꿈으로 만
들어 버리는 마술을 부렸으면

　기억과 역사는 승자의 편이라고 하죠 패자의 수명은 얼
마큼일까? 물으면
　없는 당신은 대답하지 못하겠죠 나는 오늘 꿈에서 나오
지 못하고 대답을 기다리고 있어요

　불행을 부르고 절망을 다시 불러 모으죠 희망만 가지고
살 수 있는 시대는 아니잖아요

주저앉은 몸 일으켜 꿈을 봉인해야죠

이젠 희망을 숨겨 놓고서 희망의 반대말에 매달려야 할

시간 좋은 꿈을 꾸었으니 다시 악몽으로 들어가야 할 시간

# 염병스런 열병 16
— 날 따라 울다

　가진 것을 고르다 없어야 할 것들을 골라요 필요보다는
불필요를 고르는 것

　으뜸은 철 지난 옷도 아니고 읽지 않는 책도 아니고 구
멍 난 양말 혹은 칠 벗겨진 책상도 아니죠

　빈 벽을 긁고 자꾸 술을 부르고 염장질하는 못된
　질기게 안고 있으면 기쁘다가도 잔인하게 가난뱅이로
만드는 것

　풍요와 빈곤과 기아와 우울과

　미련 가지고 있던 것들을 골라 과감하게 버려요
　나를 끌고 다니던 가방도, 허상을 바로잡아 주던 책도,
날 온건히 잡아 주던 사상도
　버리고 버리고, 또 버리고 끝도 없어

　되돌아보니
　우두커니 서 있는 당신

평평 우는 달이 보름, 보름같이 우네요

새벽녘이 스산하게 옷 갈아입는 아침까지 쓰레기 더미 곁에서 엉엉

따라 울어요

# 붉은 손톱

달이 보름으로 기울 때 손톱을 깎지

잘라 내는 것들은 날을 가져

당신이 긁어 세운 날만큼 나도, 날 세울 수 있을까?

날카로움은 손을 대야만, 피를 봐야만 알 수 있는

나는 어쩌면 붉은 세계를 향해 뛰어든 나방

붉은 페인트를 뒤집어쓰고선, 당신당신

퍼덕이는 의성어를 내뿜으며 뚝, 뚝

나는 잘라진 붉음 들고선
혁명 같은 등불을 걸지도 몰라

그리고는 들키지 않게 숨 돌리며
등불의 촉을 낮추겠지

독일의 밤을 건너는 1945년 어느 초승달처럼,

21세기 한밤에 앉아 나치를 피해 숨은 유대인처럼.

애달픈 당신에게 제발 오지 마라, 오지 마라

날 세우며 뚝, 뚝

종이컵 가득 전보를 치지

## 그리하여 고슬고슬

밥물 맞춰 쌀을 안친다
안친다는 건 쌀이 걸어온 길에 대해 묻고 이해하는 일
그가 맞은 햇볕과 비와 바람의 질량을 가늠하는 일
그가 걸어온 길을 손금으로 들이는 일
가래 끓는 가슴으로 밑동부터 잡아 일으킨 한 사람의
생과
그늘과 양지와 대지의 사연을 듣는 일
뿌리의 말을 다듬고 솟는 줄기의 힘을 만지고 낱알 영
그는 노고를 집에 들이는 일
주저앉는 등허리와 기울어 가는 서까래의 늙음에
고스란히 심장 박수 맞추는 일

쌀뜨물처럼 저녁이 오고
손등으로 깊이를 가늠한다

그리하여
고슬고슬한 당신과 나란히 밥상에 앉아
그의 이야기를 꼭꼭 씹는 것이다

제4부

# 꽃샘

방에 널린 겨울을 죄다 긁어모아
빨랫줄에 널고선 옥상 바닥에 앉았습니다
문득 산의 안부가 궁금해서 무작정 산을 찾았습니다
지난밤 뒤척여 산세가 비틀어지진 않았는지
겨우내 덩치 부풀린 추위 피해 웅숭그리지는 않았는지
산에 도착하니 산은 머리를 풀고
봄의 자맥질이 한창이었습니다
바람이 불 때마다 길고 긴 머리칼이 볼을 간질였고요
나는 산의 머리칼을 치울 생각 없이 일찍 온 산 봄을
온몸 구석구석 쟁였습니다
콧노래를 부르며 산을 오르고 내리고
봄에 취해 인사도 못 하고 왔습니다
뒤늦은 겨울 생각에 옥상 오르니
겨울이 빳빳하게 말라 있었습니다

봄을 서둘러 들고 온 내가
미웠습니다

# 플레이오프

9회 말 하위 타선부터 시작되는 암울한 2점 차
나는 마운드를 바라보며 울고 있어
무표정한 사내의 속을 들여다볼 수 있다면
통쾌한 역전을 노릴 수 있을 텐데
사내는 어떤 구질을 던질까?
타선을 침묵시키는 저이는 마술사
둥근 공 말아 쥔 손놀림만으로도
휘거나 떨어지거나 빠른.
사내의 다음 구질을 예측하지만
구석 노린 공엔 알고도 당할 수밖에 없는 것이지
속은 듯, 하지만 속이지 않는 저

그라운드 속 사내들처럼 나도 희망 없는 9회 말
왜 눈물은 멈추지 않는 걸까?
관중석엔 한숨을 쉬거나 울거나 목쉰 사람들
누군가 어깨를 다독이며 이길 거라
이겨 낼 거라고 위로했지
포수 미트가 펑 펑 울린다
내 연애도 쉽게 삼진당할 수 있다면
눈물 따윈 흘리지 않았을 거야

나쁜 놈 나도 모르게 던진 한마디가 시원했어
무표정한 사내가 잠시 일그러졌다
9회 말 투 아웃 주자 1루
숨겨진 거포가 대타로 나온다
날카로운 눈매가 사내의 무표정을 읽고 있지
한 방 날릴 수만 있다면
연장전의 패배도 감미로울 텐데
투구 폼 잡는 무표정한 마술사

9회 말 투 아웃 주자 1루
실연당한 내가 타석에 서 있는
플레이오프 결승전

# 거기, 기가 막힌 일

나도 한 번쯤은 권력이란 걸 잡아 보고 싶어
시정잡배처럼 거들먹거리며 요놈 저놈 할 것 없이
불러다 앉히고서
잡히지 않는 미래를, 혁신을,
솔깃한 도약을 이야기해야지
그리고선 희망을 손가락으로 가리키며
내 손가락만 보게 해야지
요놈 저놈은 때론 나 몰래 히히덕거리며
뒷말하겠지
나는 팔랑귀를 앞세워 다 듣고선 아량도 부리고
때론 호통도 쳐야지
그래도 말 안 듣고 강짜 부리는 녀석은
문장부호 몇 개를 쥐어 주거나 매몰차게 쫓아내야지

권력을 꽉 잡고서 이 문장 저 문장 훑으며
요놈 저놈 끼리끼리 잘 어울려 사나 구경하면서
힘껏 거들먹거렸으면.
당신 혹은 너 같은 말은 버리고선
욕설과 당당함으로 무장한 채 고매한 척 펜을 잡아야지
자유분방한 것들을 불러다가 기를 힘껏 꺾어 놓고

기준이나 틀을 불러다가 엉덩이 차며 죄다 뺏어 버려
야지

권력을 잡으면 그 어마어마한 권세를 잡으면
내 집에 사는 것들을 죄다 불러다가 거꾸로 살게 해야지
나도 권력을 잡았으니 지금까지 살아온 것들을
다 뒤집어 살아야지
힘껏 그래야지

# 280일의 세계 일주

은하의 다른 행성에서도 비가 내리고 있겠죠?

비린 물 내음 몸 가득 슬어 놓고서 인도양 지나 대서양
을 향하고 있네요 밖은 비가 오고요 사회과 부도 속 세계
전도는 손가락 짚을 때마다 찰랑거리며 바다와 내륙의 경
계를 허물죠

파키스탄 거쳐 바그다드 지나고 가자 지구 지날 때면
손톱이 날을 세우네요 석간신문 토픽난에는 펑펑 붉은 꽃
이 총성처럼 피었다던데 손톱은 세상 도는 풍문을 먼저
들나 봐요

가만, 귀 기울여 보실래요?

아이는 발자국 찍으며 둥근 방을 공그르나 봐요 아마도
햇살을 쟁이고 있겠죠 일기예보는 연이틀 비만 나리고 나
는 서둘러 지중해로 들어서지요 물속에 잠긴 아틀란티스
를 주문처럼 외우며 청파한 물빛 손바닥으로 쓸어 올리면
아이는 둥둥둥 배를 차며 북을 울려요 나는 숨 고르며 지
중해 바다를 끌어올려 몸 안 가득 채우지요 아이는 햇살

의 신전 들이고 있고요

세계 전도를 덮고서는 별자리를 펼친다
은하 저편 어느 행성에서도 비가 내리고 있겠지
첨벙, 첨벙 아이 걸음마다 활짝

# 구장에는 메이저 리거가 산다

메이저 리거가 홈런을 치거나 안타를 날려도
나는 삼진 중이지
거포가 친 타구가 태평양 너머 액정 화면 속
하이라이트로 들어오면 나는 성냥갑처럼 바로 눕지
어제 놓친 직구를 간절히 바라며
변화무쌍한 슬라이더 궤적도 함께
복기하며 거구 사내들의 스윙법을 배우고 있지
중얼거림은 금지
두 평 남짓의 구장은 작전을 들키기 쉬운 법
침묵으로 일관하며 뱉지 못하는 침만 꿀꺽꿀꺽.
어제 들어온 신입은 냉정의 체제를 견디지 못하고선
월셋방을 찾아 나섰다나 봐
—똑똑. 이어폰 소리 좀 줄여 주세요
옆방의 타자는 몇 회를 건너며 삼진 중일까
내가 세운 작전을 어느새 눈치챈 거포
볼펜 통처럼 까만 배트를 들고 야간경기를 치러야 할까
봐
불면처럼 새어 나오는 고시원의 불빛은
환장하게 아름답지
그제, 어제 그리고 내일의 삼진은 잊고서

침묵을 다독이며 타석으로 들어서지
지난달도 이번 달도 아무도 말 걸지 않는
고요의 구장
기아거나 삼성이거나 롯데, 한화면 좋을 듯한
하지만 10구단 혹은 독립 구단의 콜이라도
듣고 싶은

고시원의 검은 밤
하얀 베이스를 도드라지게 업고 있는
반듯하게 네모난 구장

# 후레쉬민트

남루한 옷을 걸친 사내가 문 활짝 열더니 껌을 내민다
너덜한 안내문까지 친절하게 내민 사내의 손

부르튼 두 손 맞잡고 가지런히
취객의 손사래도 아랑곳없이 붙박이장이 된 사내
눈가엔 냉소와 거절에 달관한 태연함이 우뚝

술잔 들다 말고 저이의 달관에 대한 상상을 한다
시든 노모와 몸 가누지 못하는 아내와 어린것들과,
겨울 초입 터를 닦은 동짓달은
간절이라는 말과 제발이라는 말 사이

벗은 술잔을 재촉하고 나는 자꾸 남의 집안을 파헤치고
순간, 눈앞을 가르는 손
머릿속 사내가 내미는 친절한 안내문에는
상상 속 노모와 불편한 아내와 어린 자식들이
첨벙첨벙 어리는데.

사내의 태연함이 부라린 눈으로 신파극에 빠진 내 눈
의 경계를

어루만진다
나는 내가 만든 가계의 쇠창살에 갇히고
뒷짐을 진 채 술 취한 나를 내려 보는 사내
순간의 방심과 내 불편이 만든 상상의 가계
그 사이를 뚫고 후레쉬민트 향이 탁자 위에 풀풀

사내는 후레쉬민트 향의 걸음으로
또 다른 가계도를 그리러 간다

# 꽃비

추운 봄에 만났던가요? 아니면
따뜻한 겨울에 만났던가요?
실실대는 술을 마시며 같이 출렁 혹은 쨍했던가요?
이름이 기억나지 않는 애인처럼
모든 게 멀리 있네요

비가 와요
비 오는 날 시내버스 귀퉁이에 앉아 또 읽어요
갑이 되고 을이 되고 곰이 되고
숨은 잠언들에도 녹아 보죠
그러다
실랑이하는 기사와 늙은 아낙에 정신 팔리면
오독을 시작해요 ; 나와 당신의 관계는 늘 이랬죠
이리 바꿔 보고 저리 바꿔 보고
이 뜻을 꺼내서 노약자석 뒤편에 있는 철학관 카피에
끼워 놓고
운명 만 원
이란 글자를 떼어 당신이 숨 쉬는 곳에
넣어 놓고,
모른 척

비가 와요

책 속에서 한 남자가 한 남자에게 검은 주문을 외워요

죽은 자의 입을 벌려 채워 넣던 꽃비가 오네요

나는 살아 있지만 죽은 영혼이에요

밤이 되면 부유하는 미영의 존재들 틈에 섞여

이승과 저승의 길목에 서 있죠

이곳은 당신이 올 수 없는 곳

당신과 나

정말

봄에 만난 것 맞죠?

# 꽃몸살

홀쩍, 코를 삼키니 해가 졌네요 지리멸렬한 연애도 막
혔고 타자와의 관계도 막혔죠
코를 풀면 잠시 환했으나 이내 깜깜해지네요

콧물을 닦고 나니 꽃이 피었어요
엠보싱 화장지는 부풀어 오르고, 떨어지는 콧물을 닦았
을 뿐인데 꽃이 폈네요
몽골고원에서 불어온 바람은 새순에 갇힌 채 헤어 나올
줄 몰랐죠
빨갛게 익어 가는 꽃망울 속엔 뚝뚝 떨어질 콧물이 영
글어요

내 몸이 질긴 감기 속으로 걸어 들어가요
잡을 사이도 없이 부지불식간
어느새 둥글게 말린 꽃망울이에요
틈틈이 불어오는 바람은 웅크린 발가락 사이에 매달린
채
우웅, 우웅 울고 있죠
정원사는 사다리를 세운 채 가위질이 한창이고요
나는

발가락 끝에 온 봄을 떨구느라 정신없는 밤이에요
살고 싶다,고
봄은 귓속말을 말아 올려요

훌쩍, 코를 삼키니 꽃이 폈네요
코끝에 활짝 핀 꽃을 달고 나는 삼례내과에 들어가요
농익은 꽃들이 저마다 봄을 품고 있네요
자리에 껴 앉으며 나도 힘껏 봄을 피우죠

삼례내과에는
꽃몸살이 한창이네요

# 지하철 생활자의 수기

살아야겠다라고 다짐할 때마다 흔들려
구간과 구간을 반복할 때마다 덜컹

뒷벽에 목 기댄 채 잠을 청한 이의 손은 언제나 공손
하지
깨워 절망의 안부를 묻는다면 공손은 비굴로, 비굴은
독기로

지하의 세계란 끊이고 끊이지 않는, 칸과 칸을 물고 있
는 악력

나는 살고 있으나 살 수 없는 날을 지니고 있을지도 모
르겠어
두더지처럼 절망을 팠으나 절망은 가지런한 봉분을 세
울 뿐이지

나는 쉽게 들키는 삶을 사나 봐
전철은 압구정 지나 교대로 향하는

그래, 나는

교대로 가는 삶

부품이 된 나는 악력의 힘으로 버티는 기계 덩어리
강남이거나 동대문 혹은 홍대쯤이 목표인

나는 햇볕 피해 삼교대 야간열차를 구르는
굴렁굴렁하면서 너그러운

# 뒤집어진 나비

오른손 들어 너의 왼손을 만진다

꾸역꾸역 넘어 들어오는 들썩임이
손등을 타고 어깨를 타고
등허리를 흔든다
오랜 시간 돌고 돌아 내 앞에 서 있는
너는
눈물 없는 웃음만 짓고 있는데

말없이 너의 등을 토닥인다
너도 내 등을 토닥이고
자꾸 내 눈을 훔치는 네 손이
내가 아픈 건지, 네가 아픈 건지
너나 나나 자꾸
눈물만 훔치는데

입속에서 웅얼거리는 괜찮아, 괜찮아
내 눈물 사이로 괜찮아 하면
너도 따라 괜찮아
그래 나도, 너도

괜찮아, 괜찮아

부둥켜안은 채
욕실 벽에 걸린

# 곰보

깜깜해지면 집의 윤곽이 드러나기 시작했다
어둠 엎어 쓰고 좁은 어깨 모아 잔뜩 웅크린 집
깜깜과 어둠의 경계는 비밀스런
움을 파고
다가가는 이가 있다면 발목을 먼저 삼켰다
어둠 짜는 소리가 담장을 넘을 때마다
사내는 한 장의 어둠을 펴 바른다고 누군가 말했다
집 안을 훔쳐봤다던 녀석은 둥글고 환한 살이 올랐다고
소문처럼 눈을 부풀렸고
소문을 인 밤이면 사내는
폐품 같은 어둠들 사이로 달빛을 쟁였다
부푸는 소리도 없이 자란 그림자를 끌고
달빛을 거두러 창문을 기웃거리면
아이들은
이불 속 밥공기처럼 납작 엎드렸다
그런 날이면 사내가 거둔 달빛의 양을 궁금해하다
잠이 들었다

그믐 때가 되면 문이 활짝 열리고
차곡차곡 쟁인 달빛을 트럭 가득 실어

내다 판다던 집
환하게 부풀어 오른 사내의 얼굴이 촘촘히
어둠을 삼키고
그믐의 밤은 키가 무럭무럭 자랐다

# 흑백의 모놀로그

이경수(문학평론가)

## 1.

시를 더 이상 일인칭 독백의 장르라거나 자기 동일성의 장르라고 말하기는 어려워졌지만 김성철의 첫 시집에서는 여전히 말하는 주체로서의 '나'가 두드러진다. 김성철의 시에서는 나에게 내가 말을 걸고 나의 안을 긁고 방 안에 나를 가두고 나를 들여다보는 일이 흔히 일어난다. 조금 과장해서 말한다면 김성철의 시에 등장하는 그도 나이다. 그-들을 통해 시의 주체가 보는 것은 결국 나이기 때문이다.

김성철의 첫 시집은 암울한 풍경으로 가득하다. 태생적인 가난과 정리 해고, 실직, 실연을 겪은 시적 주체가 시집 전체에서 두드러져 보이기 때문이기도 하고, 그런 소재와 주제를 다루는 시적 주체의 우울하고 무기력한 태도 때문이기도 하다. 성인이 되고 나서도 어머니의 품에서 빠져나오지 못하는 이 여리고 무기력하고 우울한 늦된 청춘의 비

망록을 읽는 일은 우울의 늪으로 끌려들어 가는 것처럼 눅진한 슬픔을 안긴다. 잊고 있던 유년의 기억이나 잊고 싶었던 청춘의 우울을 떠올리게 한다는 점에서 김성철의 시집을 읽는 일은 고통스럽다.

폭설과 비마저 방 안으로 끌고 들어와 뒹구는 김성철 시의 주체는 그의 가난과 결핍의 원천인 어머니와 유년의 기억으로부터도, 현재의 암담함으로부터도 달아나려는 적극적인 의지를 보이지 않는다. 「시인의 말」에서 밝혔듯이 도망쳐도 늘 그 자리임을 너무 일찍 알아 버려서일 수도 있고, 부서진 것들에 눈길을 주다 그만 지독한 사랑에 빠져 버려서일 수도 있겠다. 바닥 모르게 가라앉는 지독한 우울을 감당할 자신이 있다면, 부서진 것들의 울음소리에 공명할 마음의 준비가 되어 있다면, 김성철의 첫 시집을 펼쳐 보라고 말하고 싶다.

**2.**

김성철의 시적 주체는 과거에도 가난했고 현재도 가난하다. 과거에는 일하러 나간 어머니를 기다리며 하염없이 방에서 시간을 보냈고 현재는 정리 해고와 실직 상태에 놓여 있거나 구직 활동을 하며 우울한 시간을 보내고 있다. 취업도 연애도 뜻대로 되지 않는 청춘의 우울이 첫 시집 전체에 드리워져 있다. 김성철의 시에 압도적으로 일인칭 '나'가 출현하는 것이나 방이라는 공간이 자주 출현하는 것은 그의 시가 대체로 시적 주체의 경험에서 빚어진 것이기 때문일 것이다.

폭설을 이고선 맨발로 방으로 걸어 들어왔다

한없이 내리는 폭설 덕에

시집을 죄다 꺼내 이국의 땅에 사는

나타샤에게 보내고

나는 설원의 풍경을 지녔다

밥을 짓다가도 방문 열고

폭설의 안부를 궁금해했다

방에 갇힌 폭설은 침착하게 몸을 뒤집고선

천장을 향해 오르고 있었고

나는 쌓아 올려진 만년설을 천장에 걸어 둔 채

군불 피우며 밥을 지었다

일렁이는 불꽃 속으로도 폭설은

제 몸을 던져

차곡차곡 눈을 쌓고

나는 온몸으로 눈을 맞으며 차분하게 얼어 가고 있었다

몸 돌려 다시 방문을 열어 보면

바짝 얼어붙은 내가

나를 향해 웃고 있었다


지긋지긋한 봄이 왔다는 걸

그때 알았다

—「실업」전문

폭설은 외출을 가로막는 원인이 된다. 사실상 시의 주체는 실직으로 인해 방에 틀어박힐 수밖에 없는 상태가 되지만 이 암담한 상황은 "폭설을 이고선 맨발로 방으로 걸어들어"온 낭만적인 풍경으로 채색된다. "한없이 내리는 폭설"과 "시집"과 "이국의 땅에 사는/나타샤"의 출현은 시에 낭만성을 더한다. 한없이 내리는 폭설은 두문불출의 이유를 제공해 주기도 하고 한편으론 두문불출하고픈 의지를 표명한 것이기도 하다. "시집을 죄다 꺼내 이국의 땅에 사는/나타샤에게 보내고/나는 설원의 풍경을 지"님으로써 이 시는 백석의 「나와 나타샤와 흰 당나귀」의 상상력에 빚지고 있음을 분명히 드러낸다. 그러나 백석 시의 주체가 오지 않는 나타샤를 상상 속에서 불러오는 대신 김성철 시의 주체는 폭설을 이고 들어와 설원의 풍경을 품어 버린다. "이국의 땅에 사는/나타샤"는 이 설원의 풍경에 함께할 수 없다. 폭설은 방 안에 스스로 갇힌 시적 주체의 막막한 현실이자 그 속에서 싹트는 시적 상상력이라고 할 수 있다. 시의 주체는 폭설을 방 안에 가둬 놓고 이따금 폭설의 안부를 궁금해하며 만년설을 천장에 걸어둔 채 군불 피우며 밥을 짓는 일상을 지속한다. "온몸으로 눈을 맞으며 차분하게 얼어 가고 있"는 나와 방 안에서 폭설과 함께 "바짝 얼어붙은" 나는 어떤 상황에서도 일상을 영위해야 하는 나와 그럼에도 의지와는 상관없이 아무것도 할 수 없는 나("얼어붙은" 나) 사이의 분열을 암시한다. 백석의 시가 겨울밤 흰 눈이 쌓이며 깊어 가는 시간과 그리움과 고독의 깊이를 응앙응앙 울려 퍼지는 흰 당나귀의 울음으로 확산시키며 깊은 산골 마가리로 향하는 낭만적 유토피아를 완성한다면, 김성철의 시에서 폭설은 낭만을 완성하는 데 기여하지 못한다. "지긋지긋한 봄이 왔다는" 깨달음은 긴 겨울을 지나서도 오래도록 실업의 상태를 견뎌야 함을 암시함으로써 현실의 막막함 속으로 시를 이끈다. 한없이 내리는 폭설은 바로 그 막막함에 대한 비유라고 할 수 있겠다.

취기에 버무려진 여자는 취업 전선에 대해
170㎝ 50㎏이란 정의를 내렸다

속눈썹은 길고 진할수록 좋아
화장실에서 내던진 그녀의 말이
밤새껏 이력서 위를 배회하고 나는
맑스의 한 구절을 배우처럼 읊조렸다

조금만 더 오른쪽으로 돌리세요
스포츠머리를 한 사내가 바란 건
비스듬한 각도였다
만삭인 그의 아내가 조명 너머
증명사진을 오려 내고 있었다
그녀의 손 위에 누워 반듯한 흉상 기다리는
사람들

등 뒤로 풀 바르고선 반듯하게 앉아 있어

그러곤 가볍게 목례를 하지 안녕하세요?

또박또박 줄 맞춰 생년월일이며 출생지며

화면 조정 시간처럼 일정하면서도 반듯하게

그때쯤, 창밖에서 들려오는 기침 소리

화들짝 놀라며 나를 꼼꼼히 훑는 달빛에게 잠시 홍조

사납게 비춰지는 자동차의 상향등이 빠르게 지나가고

주춤거리는 사이

더듬대는 이력들이 줄을 맞춘다


방 안에 누워 나를 만진다

소리 내어 내가 묻고 내가 답한다

조금 더 연기를 잘했더라면 나는 쉽게 살 수도 있을 터

감춰지지 않는 삶이 자꾸 입안에서 끙끙댄다

―「불온한 초고」 전문


　　취업 시즌이면 백여 장의 이력서를 내고 떨어지기를 반복하는 이 땅의 청춘들이라면 누구나 경험했을 법한 상황을 바탕으로 한 시이다. 술김에 "취업 전선에 대해/170㎝ 50㎏"이라는 절망적인 정의를 내리는 여자와 이력서에 붙일 증명사진을 찍기 위해 자세를 취하고 있는 '나'는 모두 이 시대 청춘들의 자화상이다. "또박또박 줄 맞춰 생년월일이며 출생지며/화면 조정 시간처럼 일정하면서도 반듯하게" 사회에서 요구하는 기준에 자신을 맞추다가 화들짝 놀

라는 시적 주체는 직장에서 원하는 증명사진을 찍고 줄 맞춘 이력들을 쌓고 하는 일에 여전히 서툴러 보인다. "속눈썹은 길고 진할수록 좋아/화장실에서 내던진 그녀의 말"이 계속 귓가에 맴돌며 신경을 긁어도 "맑스의 한 구절을 배우처럼 읊조"리며 고단한 현실을 버텨 왔기 때문이겠다. "방 안에 누워 나를 만"지고 "소리 내어" 자문자답하며 "조금 더 연기를 잘했더라면" "쉽게 살 수도 있"었을 것이라고 자책하고 자조해 보기도 하지만 "감춰지지 않는 삶이 자꾸 입 안에서 끙끙"대며 시가 되어 나온다. "불온한 초고"라는 제목에 비해 그다지 불온해 보이지 않는 이 시는 무기력하고 불안한 청춘의 절망감을 보여 준다는 점에서 불온하다기보다는 우울하다. "그제 간 곳은 너무 치장을 했고/어제 간 곳에서는 너무 순한 포장을 했나 봐"(「취업 박람회」)라고 자책하며, 실패의 경험이 쌓이고 쌓여도 좀처럼 벗어날 길이 보이지 않는 '이생망'의 무간지옥을 자신을 다독이며 간신히 건너가고 있는 청춘의 자화상을 우리는 김성철의 시를 읽다 자주 만나게 된다.

김성철의 시적 주체는 이 우울한 현재의 기원을 "손도 면도칼도 깎아 준 연필심도/날렵한 모습은 찾아볼 수 없었"고 "사촌 누이들에게 물려받은 옷은 죄다" 커서 "소매를 접으면 밑단이 풀렸고/밑단을 접으면 무릎이 발목에서/부풀었"던 유년 시절의 가난에서 찾는다. "소매 접은 손으로 일기를 썼고/밑단 접은 발로 계단과 학교를 끄시고 다녔"(「뭉툭한 일기장」)던 투박하고 뭉툭했던 유년 시절, 시의 주체

는 늘 귀가가 늦는 엄마를 기다리며 뭉툭한 연필로 일기를
쓰곤 했다. 그 일기야말로 김성철 시의 원천이었을 것이다.

　　살아야겠다라고 다짐할 때마다 흔들려
　　구간과 구간을 반복할 때마다 덜컹

　　뒷벽에 목 기댄 채 잠을 청한 이의 손은 언제나 공손하지
　　깨워 절망의 안부를 묻는다면 공손은 비굴로, 비굴은 독
기로

　　지하의 세계란 끊이고 끊이지 않는, 칸과 칸을 물고 있는
악력

　　나는 살고 있으나 살 수 없는 날을 지니고 있을지도 모르
겠어
　　두더지처럼 절망을 팠으나 절망은 가지런한 봉분을 세울
뿐이지

　　나는 쉽게 들키는 삶을 사나 봐
　　전철은 압구정 지나 교대로 향하는

　　그래, 나는
　　교대로 가는 삶

부품이 된 나는 악력의 힘으로 버티는 기계 덩어리
강남이거나 동대문 혹은 홍대쯤이 목표인

나는 햇볕 피해 삼교대 야간열차를 구르는
굴렁굴렁하면서 너그러운
　　　　　　　　　—「지하철 생활자의 수기」 전문

　구직 활동에 바쁜 시의 주체는 지하철을 타고 강남과 강북을 종횡무진한다. 지하철에서 많은 시간을 보내는 시의 주체는 지하철에 자신을, 지하의 세계에 그가 사는 세계를 비유하는 상상 속으로 쉽게 빠져든다. "살아야겠다라고 다짐할 때마다 흔들"리는 것이 어디 지하철뿐이겠는가. "구간과 구간을 반복할 때마다 덜컹"이는 삶을 그 또한 살고 있다. "살고 있으나 살 수 없는 날을 지니고" 사는 것 또한 그뿐만은 아닐 것이다. "두더지처럼 절망을 팠으나 절망은 가지런한 봉분을 세울 뿐" 아무것도 바꾸지 못함을 알아 버렸기 때문에 시의 주체는 "나는 쉽게 들키는 삶을 사나 봐"라고 자조한다. 지하철뿐만 아니라 시의 주체 또한 "악력의 힘으로 버티는 기계 덩어리"이기는 마찬가지다. 자신이 거대한 사회의 부품에 불과하다는 것을 알아 버린 이의 절망과 자조로 「지하철 생활자의 수기」는 채색되어 있다. 흑백의 우울한 풍경이 아닐 수 없다.

　**3.**

김성철의 시에는 신체와 공간을 이어 주는 상상력이 자주 등장한다. 김성철 시의 공간은 신체를 통해 체험한 공간 감각으로 구축된다. 신체와 공간의 유비가 가능하거나 그의 신체가 체험하고 감각하는 공간이 시적 공간으로 펼쳐지는 까닭은 그로 인한 것이다. 홀로 기거하는 방은 물론, 주거 공간으로서의 서민 아파트나 마을버스 노선이 그의 시에 자주 모습을 드러내는 것은 그러한 공간이 시적 주체의 체험 공간이기 때문이다.

예술의 전당 지나 무지개아파트로 달려간다
서초3동 주민센터에 들르고 남부터미널에도 들르고
쉴 새 없이 고개 오르내려 국제전자센터
외환은행 현대아파트

달린다는 것은 너머와 너머의 한복판
덜컹과 덜컥의 순한 말
예술과 무지개를 이고 달리는 일은 나보다 명랑하다

어제 만난 이를 만나고 어제 지난 길을 지나고
웃던 이가 웃음을 감추며 심각하게 오르고
짐이 먼저 오르고 아이고 죽겠네 소리가 먼저 올라도
오를 때마다 낭랑한
감사합니다 환승입니다

급브레이크를 밟을 때마다 졸음이 우르르 쏠리면
처음 본 사이라도 우르르 쏠리고
가속과 서행, 서행과 가속 사이에서 마주치는 것들의 낯은
이질적이게 가깝다

서초11번 마을버스
예술과 무지개를 짊어지고 감사와 환승
변곡점을 돌고, 돌고, 돌면

어제 만난 이가 하차하고 지나온 길이 과거가 되고
심각했던 표정이 활기찬 걸음으로 내리고

—「서초11번에 관한 보고서」 전문

'서초11번 마을버스'는 예술의 전당에서 반포1동 성당을 오가는 노선으로 남부터미널역, 강남역, 서초역 등을 들른다. 강남의 핵심 지역을 들르는 '서초11번 마을버스'가 시의 주체의 관심을 끄는 이유는 엉뚱한 데 있다. 이 마을버스의 노선이 예술의 전당을 지나 무지개아파트로 달려간다는 사실이 그의 마음에 깊은 인상을 남긴 것이다. 마을버스를 타고 늘 오가는 길을 오가는 일은 "어제 만난 이를 만나고 어제 지난 길을 지나고" 하는 지극히 일상적인 풍경이지만, 그 마을버스가 "예술과 무지개를 이고 달"린다는 사실을 시의 주체는 눈여겨보고 조금쯤 그 사실에서 위안을 얻는다. "짐이 먼저 오르고 아이고 죽겠네 소리가 먼저 올라

도/오를 때마다 낭랑한/감사합니다 환승입니다" 소리를 들으며 "급브레이크를 밟을 때마다 졸음이 우르르 쏠리면/처음 본 사이라도 우르르 쏠리고/가속과 서행, 서행과 가속 사이에서 마주치는 것들의 낯은/이질적이게 가깝다"는 사실을 깨달으며 시의 주체는 살아갈 힘을 얻는지도 모른다. "서초11번 마을버스/예술과 무지개를 짊어지고 감사와 환승/변곡점을 돌고, 돌고, 돌면" 우리네 일상도 그럭저럭 살아 볼 만한 것임을 깨닫게 될지도 모르겠다. "어제 만난 이가 하차하고 지나온 길이 과거가 되고/심각했던 표정이 활기찬 걸음으로 내리고" 하는 것은 마을버스에서만 만나는 풍경은 아닐 것이다. 이 시집에서 거의 유일하게 활기를 띠고 있는 이 시는 그의 시가 여전히 예술과 무지개를 짊어지고 살아가고 싶어 함을 간접적으로 보여 준다.

1

봄 햇살들이 실리콘 줄기 타고 위태롭게 거니네
주공의 파란 마크 위 겹겹이 쳐 있는 거미의 집
바람에 날릴 때마다 가재도구들이 고층 사다리를 타고 내려왔네
갓 부화된 새끼들 미끄럼틀 위에서 우르르 내려오고, 구비 서류 재촉하는 현수막
일요일 예뱃길 막고선 판청이네

수건 뒤집어쓴 늙은 거미, 아파트 텃밭 위로 엉덩이 들썩이네

줄 맞춰 오른 떡잎들, 거미는 엉덩이 사이로 고랑 뽑고 있네

뿌리박힌 것들에 대한 애착

거미는 손 놀리며 밑둥치부터 단단히 조이네

이삿짐들 바퀴 구르며 텃밭 지나고

버려진 장롱 문 열어 일광욕을 하고 있네

늙음과 무덤은 한통속이네


2


사내는 종이꽃을 접는다

철심 위로 붉고 연한 색지

감아올리는 모양새가 거미의 생태를 닮았다

긴 실 뽑아 친친 감는

사내의 손끝엔 붉은 꽃물이 진하다

꽃 속에 숨어 먹잇감 기다리는 거미

꽃들이 벌들을 불러 모으고

아래층에서 주인 잃은 세간이

콧바람을 흥얼거리고 있다


일요일 정오 재건축 대상 5층 아파트

카랑카랑 아파트 단지 흔드는 TV 속 노래자랑

노래 따라 남자의 목소리가 거미 단지를 흔드네

청명 지나 곡우로 가는 시간이네

—「곡우(穀雨)」전문

　　주거 공간과 그곳에서 살아가는 사람은 시나브로 닮아
간다. 곡우 무렵 "일요일 정오 재건축 대상 5층 아파트"의
풍경을 그리고 있는 이 시에서도 오래된 5층 아파트와 그
곳에 몸 부리고 살아가는 사람들과 하나둘 비어 가는 아파
트에 "겹겹이 쳐 있는 거미의 집"과 거미들은 어딘지 서로
닮았다. 거주 공간인 아파트와 그곳에 기거하는 사람들도
서로 닮았고, 아파트는 거미집을, 아파트 주민들은 거미들
을 닮기도 했다. "일요일 정오 재건축 대상 5층 아파트"에
서 "청명 지나 곡우로 가는 시간"은 봄 햇살에도 불구하고
어딘지 위태로워 보인다. "가재도구들이 고층 사다리를 타
고 내려"오거나 "구비 서류 재촉하는 현수막"이 나부끼기
때문이기도 할 것이고 "뿌리박힌 것들에 대한 애착"과 서둘
러 이삿짐을 싸서 떠나는 이들이 남기고 간 "버려진 장롱"
과 "주인 잃은 세간"의 쓸쓸함이 뒤엉켜 사람이 살던 곳을
점점 거미에게 내주고 있기 때문이기도 할 것이다.

　　김성철의 시가 그리는 계단 많은 동네의 풍경 속에는
"연탄 지게 지는 경호 아빠"와 "수저통까지 다 아는 김 반
장"과 "부서운 점빵 할아버지"가 어제처럼 살고 있다. "입
학 통지서 담긴 송학초등학교가 맨 밑에 있고/전기 요금
독촉장처럼 빳빳하게 서 있는 방범 초소/연탄 상회 건너

김 반장네가 보이고/산수 아빠 다리미가 계단 오르내리는 마을/밤 깊어지면 꼭대기에도/가로등 닮아 눈 비비는 그믐달"이 떠 있는 그 마을에 한 번쯤 살았던 것도 같다.(이상 「만물상」) 부서진 것들이 모여 사는 서민의 일상을 "숟가락 소리와 오물거리는 소리와 뉴스 보며 혀 차는 소리와/오래 씻는 누이를 타박하는 소리가/동시에 터"(「수런거리는 아침」)지는 생활의 소리를 통해 실감 나게 그려 보임으로써 김성철 시의 공간은 생활의 감각을 획득한다.

1

손끝에 곰팡이가 피었다
굳은살 위로 하얗게 핀 꽃
뒤늦게 알아챈 계절이 굵은 가지 뻗고
꽃술이 꽃잎 밀어 속살을 드러낸다
내가 스칠 때마다 신경 곤두세워 흔들리는

꽃의 역사를 되짚는다
하얀 꽃잎 헤집어 뿌리 찾는 일
속살 파내고 건들 때마다
꺾인 가지와 재단된 뿌리들이
아리다

내가 내 안을 긁는다

2


—나는 재생시키지 못하는 병을 지니고 있는 게 분명해
그는 시들어 있었다
꽃잎은 짓물러진 채 뿌리를 향해 있었고
정리 해고 통지서에는 일요일 오후라는 글씨가 선명했다
마지막 할 일은
자신의 뿌리를 아무도 몰래 거두는 일

제 손으로 뿌리 뽑은 자리를 제 발로 다진다
발도 털지 못하고 그가 비닐 봉투에 담긴다
하얀 비닐에 박힌 활력(活力)
그는 부스럭거리며 제 뿌리를 긁는다


3


하얀 습진이 온몸을 타고 번지고
긁으면 긁을수록 심장을 향해 뻗는 저 하얀 꽃
꽃으로 물든 거목이 꽃 속으로 걸어 들어간다
                                —「습진」 전문


　김성철의 시에는 자신의 몸으로 경험하고 인식한 세계가
그려지곤 하는데, 몸으로 경험하는 것이야말로 시의 주체가 세계를 인식하는 방법임을 알 수 있다. 살면서 한 번쯤 손에 습진이 생기는 경험은 누구나 해 보았을 테지만 김성철 시의 주체는 몸으로 겪은 이 체험을 무심코 넘기지 않는다. 손끝에 생긴 습진은 흡사 곰팡이가 핀 것처럼 보인다. 습진과 곰팡이 모두 축축한 환경에서 생기는 것이기도 하니 '습진-곰팡이-하얗게 핀 꽃'으로 이어지는 상상력은 기실 자연스럽다. 습진을 뿌리째 낫게 한다고 "하얀 꽃잎 헤집어 뿌리 찾"으며 "속살 파내고 건들"었던 경험이 있다면 "꺾인 가지와 재단된 뿌리들이" 아린 저 통증의 감각 또한 익숙할 것이다. 통증의 감각과 자학의 감정은 김성철의 시에서 "내가 내 안을 긁는다"는 문장으로 표현된다. 시의 주체는 자신의 상처를 오래도록 들여다보고 헤집어 상처를 덧나게 한다.

한번 생기면 좀처럼 낫지 않는 습진처럼 "나는 재생시키지 못하는 병을 지니고 있는 게 분명"하다고 시의 주체는 고백한다. 축축하고 시들고 병든 손끝의 감각은 "일요일 오후라는 글씨가 선명"한 "정리 해고 통지서"로 이어진다. "발도 털지 못하고" "비닐 봉투에 담긴" 뿌리 뽑힌 식물처럼 정리 해고 통지를 받은 그도 "자신의 뿌리를 아무도 몰래 거두는 일"을 해야 한다. 몸으로 겪은 습진의 체험이 시의 주체에게 정리 해고의 기억을 떠올리게 한 것이다. "하얀 습진이 온몸을 타고 번지고/긁으면 긁을수록 심장을 향해 뻗는" 것처럼 정리 해고의 기억은 치유되지 않는 상처로 김성철의 시에 흔적을 남긴다.

"잔뜩 길게 늘어선 하루를 짊어진 다리"의 고단함을 김성철 시의 주체가 누구보다 잘 이해하는 것도 그가 몸으로 겪으며 세계를 인식하기 때문이다. "하루를 짊어진" "다리를 앉혀 놓고 나는 일어서서 그를 위해/돼지를 볶고 설탕을 친다". "내일도 서 있고 걷고 오르고 내리고" 할 다리를 위해 따뜻한 위로의 음식을 건넨다.(이상 「먹먹」) 마음에서 마음으로 건넨 위로가 주는 먹먹함이야말로 어쩌면 김성철 시인이 자신의 시에서 기대하는 바가 아닐까.

"내 세계에서 저 세계를 두드리는/나도 몰랐던 몸의 수신호"를 그가 기억하고자 하는 것도, "휘파람 소리에도,/울엄마 무릎의 된소리에도/나는, 딸꾹" 하고 반응하는 것도 그런 이유 때문일 거라고 짐작해 본다.(이상 「딸꾹」) 체험에서 빚어진 자신의 시가 "내 세계에서 저 세계를 두드리는" "수신호"가 될 수 있기를 시인은 바라고 있을 것이다.


## 4.

김성철의 시는 여성 편향적이다. 어머니가 시적 주체의 과거를 구성하는 존재이자 그의 상처를 치유하는 근원으로서 등장한다면, 지나간 사랑의 대상으로 등장하는 여성은 현재에도 지속되는 결핍과 상처의 원인이라고 볼 수 있다. 김성철 시의 주체는 성인이 된 지금도 어머니에게 여전히 유착되어 있는 것으로 보이는데, 시적 주체의 고백적 언술로 짐작해 보건대 그는 늦둥이로 태어나 어머니 혼자의 힘으로 길러진 것으로 보인다. 시적 주체에게 어머니는 삶의

근원 같은 존재였던 셈이다. 김성철의 시에는 어머니 곁에 누워 오래전 기억을 되묻곤 하는 시적 주체의 모습이 자주 눈에 띈다.

나는 늦둥이였지 서른 중반을 훌쩍 넘은 여인은 오랫동안 혼절해 있었으므로 태어난 시간을 모르네

악착같은 그녀가 때론 다소곳이 단아할 때가 있네
돌부리 밟아 가며 휘청 돌아 올라가는, 보험 가방 대신 흔들리는 선명하도록 파란 보따리
머리에 이고 있는 저 하늘
뒤따라가면 펄럭이는 치마가 구름인 것 같은

배의 웃머리를 만지며 나는 비구니의 합장을 받네
뒷모습이 못난 그녀를 바라보고 있노라면 부처 앞에 엎드린 모습만은 봐 줄 만하다고 생각했네 엎드린 채 흔들거리는 어깨 혼자인 그녀가, 몸집 큰 그녀가 하늘 속 작은 점이 되네 같이 합장하며 엎드린 비구니도 작은 점이 되네 나도 따라 작은 점이 되네

─기억나 엄마? 예전에 나도 절 많이 했는데 기억나?
무릎 고장 난 그녀가 끄응, 돌아눕네
늦둥이도 따라 눕네
허공 속, 휘파람 불며 펼쳐진 산길

다리 아픈 그녀를 눕혀 놓고 대신 올라가는 길

고개 들어 쳐다보면 구름 몇 점이 보이고 뒤따라 맑게 울
리는

그녀의 웃음소리

가만, 뒤돌아보면 따라 오르는 늙은.

누운 그녀가 끄응, 환하게 웃네


―아픈데 따라오시지 말지

배시시 웃는 치아가 다정하네

나란히 벤 베개에 선명한 발자국, 두 쌍

―「다정」 전문


　어머니에 대한 시적 주체의 집착에 가까운 감정이 어떻
게 형성된 것인지 짐작하게 해 주는 시이다. 늦둥이로 태
어나 엄마 바라기가 된 시적 주체에게는 "서른 중반을 훌
쩍 넘"어 늦둥이를 출산하고 "오랫동안 혼절해 있었"던 어
머니에 대한 부채감이 있다. 시적 주체의 아버지는 "열린
창 닫지 않고 나간, 돌아오지 않는//아빠"(「화인(花印)」)로 그
려지는 것으로 보아 그는 온전히 어머니의 희생 속에서 길
러진 것으로 보인다. 늦둥이 아들을 위해 평생을 바쳐 왔
을 어머니의 삶에 대한 연민과 부채감이 김성철의 시에는
종종 드러난다. "악착같은 그녀가 때론 다소곳이 단아"해
지는 순간을 바라보는 주체의 시선에서도, 부처 앞에 엎드

린 그녀의 뒷모습이 "하늘 속 작은 점이 되"는 순간을 바라보는 시선에서도 어머니를 향한 연민과 사랑의 감정이 느껴진다. "기억나 엄마?"라고 시의 주체가 자꾸 물어보는 것도 그런 어머니의 삶을 이해하고자 하는 까닭에서겠다. 젊어서 고생한 대개의 우리네 어머니가 그렇듯이 시적 주체의 어머니도 다리가 아프다. 고된 집안일과 나이 듦의 표지 같은 것이겠다. "아픈데 따라오시지 말지"라는 한마디 말에는 늙어 가는 어머니를 향한 시적 주체의 고맙고 미안하고 안타깝고 속상한 감정이 다 들어 있다. 그런가 하면 아버지는 시적 주체에게 화인처럼 남아 있는 기억이라고 할 수 있다. 아버지의 부재와 어머니의 희생으로 인해 구축된 각별한 모자 관계로부터 어머니에 대한 시적 주체의 각별한 감정과 태도가 형성된다. 한없이 다정한 아들이고 싶은 마음을 시의 주체는 숨김없이 드러낸다.

「꽃 피는 철공소」는 일 나간 어머니를 기다리며 시의 주체가 보냈을 유년기의 체험을 바탕으로 한 시이다. 어머니의 빈자리를 대신한 건 사촌 누이였다. "어릴 적 채널권을 쥐고 있던 사촌 누이는 거대해 보였"다고 그는 고백한다. "테레비 앞에 날 고정시키고 돌리라는 말 한마디"에 "대여섯 살의 나는 채널이었고 볼륨이었다"는 고백이 이어진다. 사촌 누이는 나를 데리고 인형 놀이도 하고 소꿉놀이도 하면서 어머니의 부재를 대신한다. "엄마 행색에 바쁜 사촌 누이"가 어머니를 대신할 수는 물론 없었을 것이다. 그 시절의 결핍 때문인지 지금도 시의 주체는 "악몽에 눌려 화들짝 깨어"나기 일쑤다. "엄마의 고단한 무릎에서/따라 울리는 쇳소리"는 시적 주체의 과거에도 현재에도 울리는 소리다.

시적 주체의 여성에 대한 감각은 이처럼 유년기에 형성된 것인데, 이후 실연의 경험이 더해진 것으로 보인다. 연애의 시간은 시적 주체에게 상처의 시간이자 상처가 곪는 시간이다. 그의 표현을 빌리면 "염병스런 열병"의 시간인 셈이다. 청량한 사랑을 꿈꾸었지만 사랑 앞에서 그는 늘 무력하기만 했다. "안에서 잠근 여인의 세계와/밖에서 잠긴 여인의 세계가/서로를 가둔 채 서로의 흔적을 찾"는 것처럼 "울먹임이 등 뒤로 서로를 부둥켜안"(「담쟁이」)을 뿐 서로 소통하며 함께하는 사랑의 시간은 시적 주체에게 허락되지 않는 것으로 그려진다.

당신을 향해 걸어온 시간은 수백만 광년이지 한 생 지나
고 또 생을 지나 건너온 길에서 당신을 만났지 보자마자 당
신은 내 손을 잡고 아랫목에 앉히고선 걸어온 사연을 묻지
발바닥을 숨기며 홍조 띤 너스레를 떨어도
당신은 이팝나무처럼 새하얗게 울며 서성이는데

당신은 주저앉은 채 내 신발을 신고서
끈 매듭 단단히 조이네
내 걸어온 길을, 붉은 꽃물 발등에 이고 간다 하네
같이 걷자는 나를, 말리는 나를
앉히고서는 조용히 걸어가네

이팝나무 꽃잎 바람에 날려 가네

나는 붉게 물든 발을, 함께 걸어온 낮달을 흘겨 바라보지
당신이 떠난 길에 서서 수백만 광년 전에 만난
당신을 또
기다리기 시작하네

장례식장 앞뜰 가득
꽃잔디와 이팝나무를 잔뜩 뿌려 놓은 봄이
널브러져 있네

—「꽃잔디 신은 이팝나무」 전문

    사별이든 이별이든 당신은 시의 주체 곁에 머물지 않는
다. "아무렇지 않게 살고 있"다고 애써 말해 보지만 "당신
목소리가 기억나지 않"는다는 사실에 시의 주체는 상처받
는다. "당신이란 말만 떠올리면" "주저앉"고 "뒤늦게 분석
을 하고 후회"를 하는 것이 그의 사랑이다. "무력을 쓰며 내
쫓으려 해도 무력한//사랑"이 아닐 수 없다.(이상 「염병스런 열
병 2—일상이 일상적이지 않다」) "당신을 향해 걸어온 시간은 수
백만 광년"이지만 "한 생 지나고 또 생을 지나 건너온 길
에서 당신을 만"나도 나는 당신과 함께 갈 수 없다. 당신은
"같이 걷자는 나를, 말리는 나를/앉히고서는 조용히 걸어"
간다. 내가 할 수 있는 일이라곤 기다림밖에 없음을 시의
주체는 아프게 고백한다. "당신이 떠난 길에 서서 수백만

광년 전에 만난/당신을 또/기다리기 시작"한다고.

김성철의 시적 주체가 지독하게 무기력한 원인 중 하나가 유전되는 가난에 있다면 다른 하나는 실패한 사랑에 있다. 그가 그토록 부서진 것들의 시간에 집착하는 까닭도 여기서 찾을 수 있다. "화창한 연애는" 일찌감치 끝나 버렸고 "바람에 뜯긴 꽃잎이 비명을 지르는 밤"에 그는 갇혀 버렸다. 김성철의 시에서 겨울은 지독한 칩거의 시간이고 봄은 화사하지 않다. "내 발붙인 땅은 겨울의 땅"이라고 그 또한 고백한다.(이상 「스키드마크에 담긴 비명」)

그러나 모두가 가진 것 이상의 에너지를 뿜어 대고 욕망으로 들끓는 시대에 김성철의 시가 지닌 무기력함은 역설적으로 시가 지닌 나름의 미덕을 보여 주는 것이기도 하다. "밥물 맞춰 쌀을" "안친다는 건 쌀이 걸어온 길에 대해 묻고 이해하는 일"임을 김성철 시의 주체는 잘 알고 있다. "그가 맞은 햇볕과 비와 바람의 질량을 가늠하"고 "그가 걸어온 길을 손금으로 들이"고 "가래 끓는 가슴으로 밑동부터 잡아 일으킨 한 사람의 생과/그늘과 양지와 대지의 사연을 듣는 일"은 상대에 대한 존중과 이해가 없이는 결코 할 수 없는 일이다. "주저앉는 등허리와 기울어 가는 서까래의 늙음에/고스란히 심장 박수 맞추는 일"을 통해 비로소 "고슬고슬한 당신과 나란히 밥상에 앉아/그의 이야기를 꼭꼭 씹는 것"이 가능함을 김성철의 시는 들려준다.(이상 「그리하여 고슬고슬」)

시인은 "말없이 너의 등을 토닥"여 주는 시를 쓰고 싶어

하는 것 같다. "입속에서 웅얼거리는 괜찮아, 괜찮아/내 눈물 사이로 괜찮아 하면/너도 따라 괜찮아/그래 나도, 너도/괜찮아, 괜찮아"라고 위안의 손을 맞잡아 주는 시 말이다.(이상 「뒤집어진 나비」) 아픈 이들이 많은 세상에서 시를 읽으며 공감과 위로의 힘을 기대하는 독자들도 있을 것이고, 그런 시를 쓰고 싶어 하는 시인도 있을 것이다. 대상을 정확히 이해하는 이만이 제대로 된 위로의 말을 건넬 수 있는 것은 물론이다. 그런 점에서 김성철의 시는 온몸으로 대상을 겪고 받아들이는 자세를 갖추고 있는 것으로 보인다.

달이 기우는 곳에서부터 비가 내렸으면 좋겠어 그 비를 방 안으로 불러와 다음 날도 그다음 날도 온몸으로 두들겨 맞고서는
정수리부터 젖꼭지까지, 젖꼭지부터 발끝까지
빗소리를 죄다 담아 둬야지
몸에서 나는 소리를 담고서 비가 떠나는 날에도 그다음 날에도 종일토록 방바닥에 붙어 빗소리를 개야지 옷장에도 넣어 두고 이불장에도, 신발장에도 달빛 먹은 비향을 쟁여 두지 남은 것들은 생쌀에 씻어 밥솥 가득 밥을 짓고 또 남은 것들은 밑물로 써야지

불이 꺼지면 비향을 꺼내 당신 딛는 발걸음마다 푸른빛으로 물들여야지 이름을 부르기 전 닫힌 창 열어젖히고 물결 모양 톱니 돌려 줄기 돋우면 소쩍새 울음소리 같은 당신

목소리

　달이 기우는 곳에서 비가 오면 당신보다 먼저 비를 부르
고서
　물푸레나무처럼 차분하게 늙어 가야지
　달이 기우는 비향 쟁이고서 파랗게 물든 당신 기다려야지
—「달이 기우는 비향」 전문

　폭설을 방 안으로 들여왔던 시인은 이제 비를 방 안으로
불러온다. 그리고 "다음 날도 그다음 날도 온몸으로 두들겨
맞고서는/정수리부터 젖꼭지까지, 젖꼭지부터 발끝까지/
빗소리를 죄다 담아" 두고자 한다. 빗소리를 온몸으로 받
아안고 온몸에 빗소리를 담고서 "비가 떠나는 날에도 그다
음 날에도 종일토록 방바닥에 붙어 빗소리를 개"려고 한다.
"옷장에도 넣어 두고" 이불장과 신발장에도 달빛 먹은 비향
을 쟁여 두려는 주체의 지극정성에 힘입어 당신은 온 천지
에 가득해진다. 당신의 목소리와 향기와 발자취가 가득한
세상에서 "비가 오면 당신보다 먼저 비를 부르고서/물푸레
나무처럼 차분하게 늙어 가"겠다고, "달이 기우는 비향 쟁
이고서 파랗게 물든 당신 기다"리겠다고 시의 주체는 말한
다. 기다림이 이 정도라면 없는 대상도 불러오는 기적을 일
으킬 것만 같다. 대상에 대한 존중과 사랑의 힘이 아니고서
는 이렇게 아름다운 연시를 쓸 수 없을 것이다. 이 대책 없
는 기다림을 응원해 주고 싶어진다.